les COULEURS de la nature

éditions PLAY BAC

Pour en voir de toutes les couleurs et montrer aux enfants l'infinie gamme des nuances,

plongez dans le bleu de l'océan, roulez-vous dans l'herbe verte, respirez les fleurs multicolores du jardin, courez dans un champ de lavande... au fait, est-il bleu ou violet ?
Vert pomme, jaune citron, bleu ciel, toutes les couleurs sont dans la nature. D'humeur changeante, elles chahutent leurs voisines ou dessinent une belle harmonie.
Alors, baladez-vous au fil des pages à la recherche des couleurs du printemps. Et si le temps tourne au gris souris, ne soyez pas vert de rage.
Découvrez que la nuit tous les chats ne sont pas gris, que les lis sont blancs comme neige, que l'éléphant et la souris ont en commun l'amour du gris…

Et si vous oubliez de saluer le zèbre au pyjama rayé, inutile de devenir rouge comme une pivoine ! Allez plutôt assister au mariage de madame Fraise avec monsieur Citron : leur fille s'appellera certainement Mandarine !

Très beau voyage dans ce monde tout en couleurs !

Jaune

un canari

Quand le petit poussin croise le caneton, ils parlent de leur ami le canari.

un tournesol

une éponge

un pamplemousse

jaune citron

un caneton

Un ami doux comme une éponge et frais comme un citron !

un poussin

jaune d'or

jaune moutarde

Jaune

des bananes

un épi de maïs

Si le toucan casse
son grand bec jaune,
il pourra toujours le
remplacer par un épi de
maïs ou une banane.

Blanc

Quand le soleil brille, l'oie aimerait bien

avoir des lunettes de soleil aussi belles que celles du cygne.

une oie

Blanc

Pour ne pas avoir trop froid sur la neige glacée, les fleurs se blottissent

de la neige

un edelweiss

une marguerite

une colombe

les unes contre les autres. Quel joli bouquet !

Gris

La nature est parfois étrange. La petite souris est effrayée par le grand héron. Le grand héron craint l'énorme éléphant…

un héron

des galets

gris perle

gris souris

gris anthracite

un éléphant

...Mais l'énorme éléphant a peur de la petite souris !

Rose

un flamant rose

rose framboise

rose fuchsia

rose layette

Ce flamant rose pense qu'il a le cou assez long pour croquer le radis, mais il n'a aucune chance...

des framboises

des fleurs de cerisier

… Le petit cochon est bien plus près.
C'est lui qui va se régaler !

un porcelet

des radis

la nuit

Noir

La chauve-souris aimerait faire peur au chat pour venger ses cousines les souris.

un chat

Noir

Le zèbre aime tant son pyjama rayé qu'il le porte toute la journée !

et Blanc

Blanc

Le gorille n'est pas très content.
Les ours sont trop fatigués pour jouer avec lui !

un gorille

Noir

un coquelicot

« Suis-je aussi belle que la coccinelle ? »
se demande la rose
en rougissant
comme un
coquelicot.

une coccinelle

des gendarmes

Rouge

une rose

Pour son anniversaire, le corail voulait inviter ses amis sous l'eau, mais

des cerises

un œillet

un corail

un ibis

des groseilles

ils ont tous refusé, car aucun ne sait nager !

une fraise

rouge corail

rouge sang

rouge tomate

Les pommes sont comme les hommes.

Il y en a

de toutes les couleurs !

Vert

Qui va cueillir le joli
trèfle à quatre feuilles ?
Celui qui a le plus de
chance, bien sûr !

de l'herbe
une sauterelle
un trèfle
une chenille

Quand ils veulent écrire,
les légumes verts demandent
à madame Salade

une salade

des olives

une courgette

un concombre

vert anis

vert pomme

des feuilles

la directrice du potager.

des petits pois

des haricots verts

un artichaut

un chou

des épinards

vert d'eau

vert sapin

vert olive

de vert à marron

Entre le printemps et l'automne,
les feuilles changent plusieurs
fois de robe !

Marron

un renard

La poule devrait se méfier de ce renard affamé. Il pourrait bien la manger

une poule

un cèpe

une pomme de pin

un marron

une châtaigne

de la terre

une écorce d'arbre

un écureuil

avec quelques champignons.

une limace

un gland

Fauve

le pelage
d'une girafe

le pelage d'un tigre

un jaguar

Chut...
le jaguar
s'endort comme
un petit chaton,
pelotonné contre
la girafe et le
tigre.

Beige

Le petit chien aimerait bien déposer un baiser sur le

des cacahuètes

une tourterelle

du sable

un labrador

une noix

nez rigolo de cet immense chameau.

un œuf

un chameau

un fennec

Bleu

bleu turquoise

bleu marine

bleu nuit

des plumes de perruche

« J'aimerais bien

un ara

plonger dans la mer ! » s'exclame le perroquet perché dans le ciel.

de bleu à

le ciel

Dans la nature, seul le ciel

orange

reut passer du bleu à l'orange.

un melon

des carottes

Dans la famille orange, c'est la citrouille qui

une orange

un abricot

une citrouille

commande.

Orange

une clémentine

Normal, c'est elle la plus grande !

Violet

un champ de lavande

Pour embrasser la pervenche, la prune doit sauter par-dessus l'aubergine,
sans tomber dans le champ de lavande !

une prune

une aubergine

une pervenche

L'iris, la pensée et le lilas écoutent avec attention l'histoire que

un iris

aubergine

prune

lilas

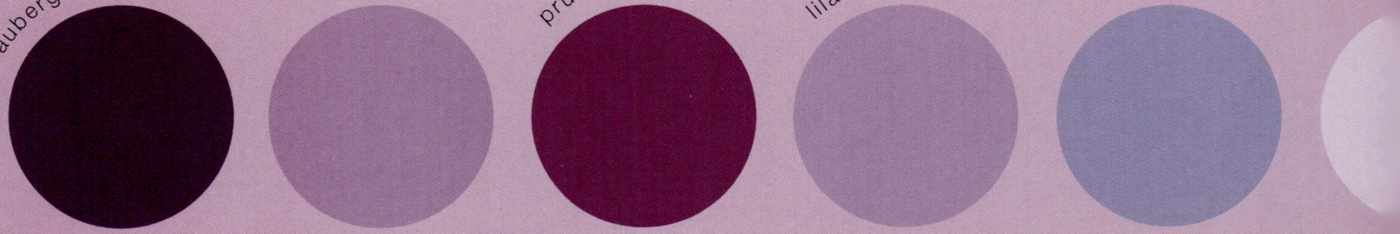

une pensée

raconte leur amie la *violette*.

du lilas

des violettes

L'œuf, la pastèque et la noix de coco partagent tous les trois le même secret :

un œuf

Bicolore

une noix de coco

une seconde couleur bien cachée à l'intérieur.

une pastèque

1, 2, 3, partez !

un papillon

Le premier papillon qui

Multicolore

se pose sur une fleur de la même couleur que lui a gagné !

Multicolore

Les poissons multicolores zigzaguent dans

un poisson

les vagues et font les beaux au fond de l'eau.

Ont participé à la réalisation de cet ouvrage :

L. Quellet, L. Maj, B. Legendre, E. Gildé, J.M. Billioud, A. Pichlak, E. Pellegri, A. Goraguer, C. Despine, S. Basdevant, C. Moubinous pour Fujiyama

Crédits photographiques :

Le numéro correspond à celui de la page. Les lettres signifient :
h: haut ; b : bas ; g : gauche ; d : droite ; c : centre

ASK IMAGES : Bartolucci E. : 15g, 57cg

BIOS : Bacle J.C. : 16g ; Barbelette E. : 38bd ; Bertani T. : 53hd ; Bolton M. : 51bg ; collection Leber : 38bcg ; Cahez F. : 22hd ; Cavignaux R. : 44g ; Cox D. / OSF : 23bd ; Da Cunha T. : 26c ; Delfino D. : 28bc ; Denis-Huot M. et C. : 17d, 33bd ; Douillet J. : 35hc, 52-53 ; Etienne J.J. : 39d ; Feve F. : 53bc ; Gilson F. : 32bd ; Grospas J.Y. : 14hd, 32hd ; Gunther M. : 8hg, 36-37 ; Klein-Hubert : 38hg, 41h, 42bg, 44d ; Lemoigne J.L. : 38bg ; Lenain H. : 52g ; Lopez G. : 20bd ; Lundberg P. : 12-13 ; Malausa J.C. : 33cg ; Mangelsen T./Arnold P. : 24 ; Marquez F. : 18 ; Mayet J. : 26bd ; Petit T. : 43bg ; Prevot J.M. : 14bg, 32c ; Ruoso C. : 38hd ; Shillmaid/ OSF : 25 ; Stoeckle T. : 20hc ; Vidal F. : 19bc

COLIBRI : Lavergne J.Y. : 8bg ; Testu Ch. : 28hd, 59bg

PHO.N.E : Balanca E. : 42hd ; Grenet-Soumillard : 33hd, 39bg; Labat J.M. et Rocher P. :17g ; Labat J.M. : 40

SUNSET : Cavagnaro D. : 55d ; FLPA : 11, couverture; Mangelsen T. / Arnold P. : 40-41b

MARC SCHWARTZ :10g, 10d, 19hg, 29hg, 29d, 30-31, 34g, 34c, 34-35c, 34-35b, 35hd, 35bd, 38bcd, 39bc, 43hg, 48hg, 48-49b, 49hg, 49hd, 51c, 54bg, 54-55c

AUTRES PHOTOS : DR

ISBN : 2-84203-819-3
Loi n°49956 du 16 juillet 1949 sur les publications destinées à la jeunesse..
Dépôt légal : mars 2006. Imprimé en Asie par TWP